# RICKY RICOTTA ET SON
# ROBOT GÉANT

## DAV PILKEY

### ILLUSTRATIONS DE
## DAN SANTAT

**Texte français de Grande Allée**

Éditions
**■M**SCHOLASTIC

À MEENA, LA GÉANTE, ET À SON MEILLEUR
AMI, NITRO NIKHIL
– D.P.

POUR ALEK ET KYLE : DEUX FRÈRES
ET MEILLEURS AMIS
– D.S.

Catalogage avant publication de Bibliothèque et Archives Canada

Pilkey, Dav, 1966-
[Ricky Ricotta's giant robot.  Français]
Ricky Ricotta et son robot géant / Dav Pilkey, auteur ; Dan Santat,
illustrateur ; traduction de Grande Allée Translation Bureau.

Traduction de : Ricky Ricotta's giant robot.
ISBN 978-1-4431-3821-5 (couverture souple)

I. Santat, Dan, illustrateur  II. Titre.  III. Titre : Ricky Ricotta's
giant robot.  Français

PZ23.P5565Ric 2014          j813'.54          C2014-901863-0

Édition publiée par les Éditions Scholastic, 604, rue King Ouest, Toronto (Ontario)  M5V 1E1

5   4   3   2   1          Imprimé en Chine  38          14   15   16   17   18

Conception graphique du livre : Phil Falco

# TABLE DES MATIÈRES

# CHAPITRE UN
## RICKY

Ricky Ricotta est un souriceau qui habite Ratonville avec son père et sa mère.

Ricky aime vivre avec
sa mère et son père,
mais parfois, il se sent
un peu seul.

Ricky aimerait avoir un
ami avec qui jouer.

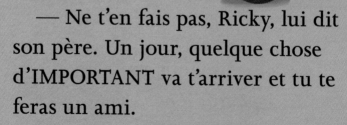

— Ne t'en fais pas, Ricky, lui dit son père. Un jour, quelque chose d'IMPORTANT va t'arriver et tu te feras un ami.

Alors, Ricky attend.

# CHAPITRE DEUX
# LES BRUTES

Ricky aime l'école, mais il n'aime pas y aller à pied, car il est tout petit et il se fait harceler par les grosses brutes de l'école.

— Eh! Où est-ce que tu vas comme ça? lui demande l'une des brutes.

Ricky ne répond pas. Il se retourne et se met à courir.

# Les brutes le pourchassent.

Ils font tomber Ricky et jettent son
sac à dos à la poubelle.

Tous les jours, les brutes pourchassent Ricky.

Tous les jours, ils le font tomber.

Et, tous les jours, Ricky espère que ce quelque chose d'**IMPORTANT** va arriver.

# CHAPITRE TROIS
# LE PROFESSEUR FACE-DE-RAT

Aujourd'hui, à l'école, Ricky mange son lunch tout seul dans son coin. Puis, il sort dans la cour.

Il regarde les autres souriceaux jouer au ballon. Ricky ne se doute pas que quelque chose d'**IMPORTANT** est sur le point de se passer.

Dans une caverne secrète surplombant la ville, un savant fou travaille sur quelque chose de diabolique.

Le professeur Face-de-rat
a créé un robot géant.

— Mon robot géant va détruire la ville, dit le professeur Face-de-rat, et bientôt, je vais conquérir le monde!

Le professeur Face-de-rat conduit
son robot jusqu'à la ville.
— Robot, dit le professeur,
amusons-nous un peu!

# CHAPITRE QUATRE
## LE ROBOT GÉANT

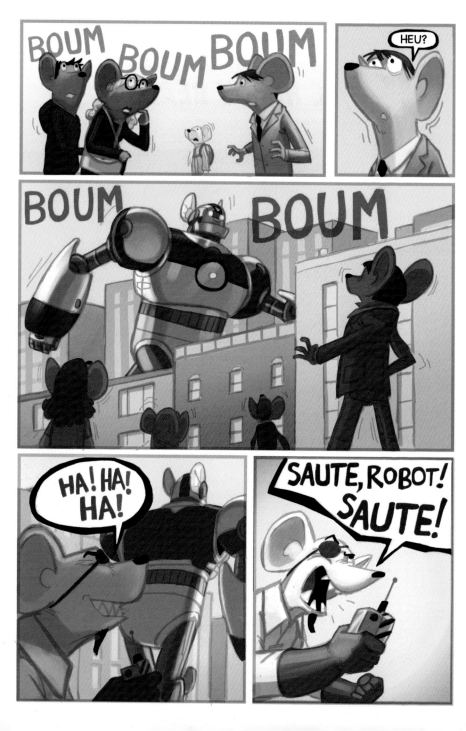

LE ROBOT GÉANT REGARDE AUTOUR DE LUI.

IL VOIT DES SOURIS INNOCENTES...

ET DES ENFANTS EFFRAYÉS...

# CHAPITRE CINQ

# RICKY À LA RESCOUSSE

Le professeur Face-de-rat est très fâché.

— Détruis Ratonville! crie-t-il. Détruis Ratonville!

Mais le robot refuse.

— Je vais te donner une leçon,
lance le professeur.

Il appuie sur un bouton de sa
télécommande et envoie un terrible
choc au robot géant.

Ricky voit ce qui se passe.

— Arrêtez! crie Ricky.

Mais le professeur continue à envoyer des chocs au robot.

Ricky finit par lancer un ballon de toutes ses forces sur le professeur Face-de-rat.

BONG!

Le ballon rebondit sur la tête du professeur. Ce dernier échappe la télécommande, qui tombe à terre et se brise.

— Zut, zut et rezut! crie le professeur Face-de-rat. Vous n'avez pas fini d'entendre parler de moi!

Puis il s'engouffre dans une bouche d'égout.

Quand le robot se rend compte de ce qu'a fait Ricky, il s'approche de lui. Tout le monde s'enfuit en hurlant.

Mais Ricky n'a pas peur. Le robot sourit et lui tapote la tête.

Quelque chose d'**IMPORTANT** est enfin arrivé!

# CHAPITRE SIX
# LE ROBOT DE RICKY

Cet après-midi-là, le robot
raccompagne Ricky chez lui.

Ils arrivent bientôt chez Ricky.

— Attends-moi ici, robot!

Puis Ricky entre chez lui.

— Maman, papa, est-ce que je peux avoir un animal de compagnie? demande Ricky.

— Pourquoi pas? Après tout, tu as été sage ces derniers temps, répond le papa.

— Oui, Ricky, je crois qu'avoir de la compagnie te ferait le plus grand bien, dit la maman.

— Hourra! s'écrie Ricky.

— Oh non! s'exclament ses parents.

# CHAPITRE SEPT
## LE ROBOT GÉANT DE RICKY SE REND UTILE

Les parents de Ricky ne sont pas très contents.

— Ce robot est beaucoup trop grand, déclare le père de Ricky.

— Il n'y a pas assez de place chez nous, renchérit la mère de Ricky.

— Mais c'est mon ami, dit Ricky, et il peut nous donner un coup de main à la maison.

Le souffle du robot géant balaie
toutes les feuilles. Le père de Ricky
est content.

Le robot fait peur à toutes les
corneilles du potager. La mère de
Ricky est contente.

Et, quand les cambrioleurs
passent devant la maison des
Ricotta, ils ne s'arrêtent pas. Ça,
ça fait plaisir à toute la famille!

— Ma foi, dit le père de Ricky,
ton robot peut rester dans le garage.
— Hourra! s'écrie Ricky.

# CHAPITRE HUIT
## DE RETOUR À L'ÉCOLE

Le lendemain, Ricky et son robot se dirigent vers l'école. Comme d'habitude, les brutes attendent Ricky.

— Où est-ce que tu t'en vas comme ça? lui demande l'un d'eux.

— Mon robot et moi, on va à l'école, répond Ricky.

Les brutes lèvent les yeux et aperçoivent le robot géant de Ricky. Ils ont très peur.

— Euh... euh... monsieur nous
ferait-il l'honneur de nous laisser
porter son sac? demande l'un d'eux.

— Et pourquoi pas? répond Ricky.

Les brutes aident Ricky à se rendre à l'école sans ennuis.

— Monsieur désire-t-il autre chose? demande l'une des brutes.

— Non merci, répond Ricky.

# MONTRE ET RACONTE

Aujourd'hui, c'est la journée « montre et raconte ». Une élève a apporté un gant de baseball et un autre élève est venu avec un ourson en peluche.

Ricky, lui, a apporté son robot géant.

Toute la classe de Ricky
s'en va faire un tour sur le
dos du robot.

Ensemble, ils survolent
la ville et les montagnes.

— Yahou! crie Ricky.

# CHAPITRE DIX

# LA REVANCHE DU PROFESSEUR FACE-DE-RAT

Pendant que la classe de Ricky survole la ville, le professeur Face-de-rat se faufile dans l'école. Il veut se venger!

Le professeur Face-de-rat entre dans
la classe de Ricky et aperçoit le lézard
apprivoisé des élèves.

— Voilà exactement ce dont j'ai
besoin! dit le professeur.

Il prend la potion de haine
n° 9 et en dépose une goutte
dans l'eau du lézard. Le lézard
lape l'eau.

Tout à coup, le lézard se met
à grossir et à se transformer. Il
devient de plus en plus gros et de
plus en plus méchant.

Le lézard est maintenant devenu
un monstre diabolique.

— Détruis Ricky et son robot!
ordonne le professeur Face-de-rat.

— Oui, maître! répond le monstre.

Quand le robot voit le monstre sortir de l'école, il y retourne et fait descendre Ricky et les autres élèves sans tarder. Puis il se tourne vers le monstre géant et la bataille commence.

# CHAPITRE ONZE
# LA GRANDE BATAILLE

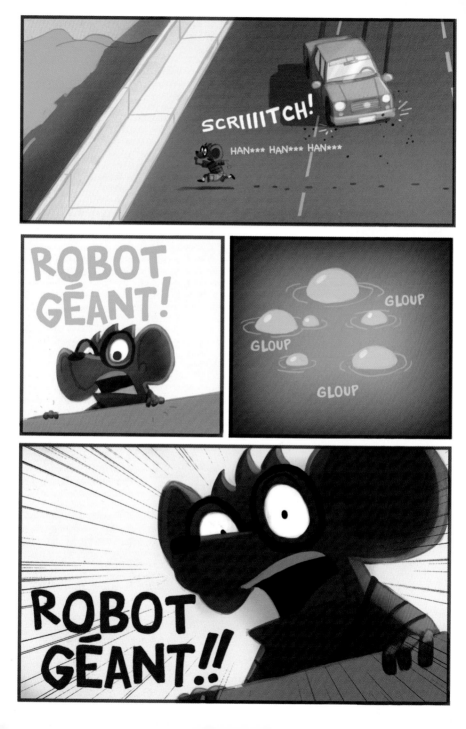

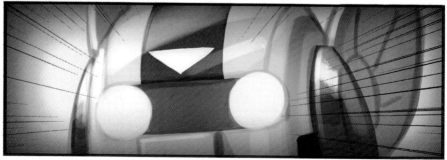

# CHAPITRE DOUZE
## LA BATAILLE FINALE
### (EN TOURNE-O-RAMA<sup>MC</sup>)

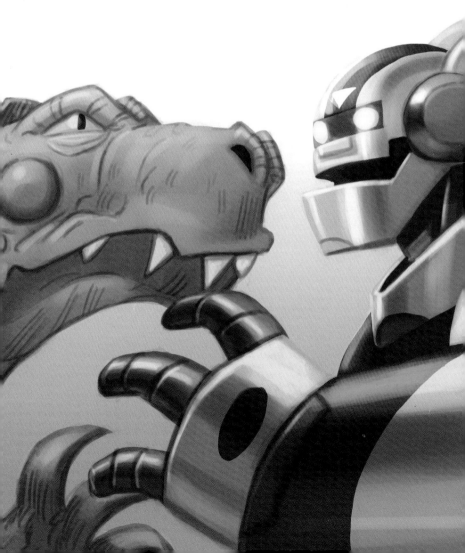

TOURNE
EH! LES ENFANTS! VOUS POUVEZ ANIMER L'ACTION EN SUIVANT LES ÉTAPES À DROITE. C'EST FACILE!

# -O-RAMA

## MODE D'EMPLOI :

### ÉTAPE Nº 1

Place la main gauche sur la zone marquée « MAIN GAUCHE » à l'intérieur des pointillés. Garde le livre ouvert et bien à plat.

### ÉTAPE Nº 2

Saisis la page de droite entre le pouce et l'index de la main droite, à l'intérieur des pointillés, dans la zone marquée « POUCE DROIT ».

### ÉTAPE Nº 3

Tourne rapidement la page de droite dans les deux sens jusqu'à ce que les dessins aient l'air animés.

(Pour t'amuser encore plus, tu peux faire tes propres effets sonores!)

# TOURNE-O-RAMA 1

## (pages 77 et 79)

N'oublie pas de tourner seulement
la page 77. Assure-toi de pouvoir
voir les dessins aux pages 77 *et* 79
en tournant la page. Si tu la tournes
assez vite, les deux images auront
l'air d'un <u>seul</u> dessin *animé*.

N'oublie pas de faire
tes propres effets sonores!

**MAIN GAUCHE**

LE MONSTRE ATTAQUE.

POUCE
DROIT

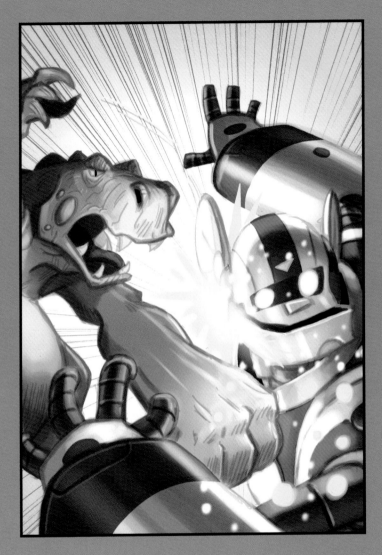

# LE MONSTRE ATTAQUE.

# TOURNE-O-RAMA 2

## (pages 81 et 83)

N'oublie pas de tourner seulement
la page 81. Assure-toi de pouvoir
voir les dessins aux pages 81 *et* 83
en tournant la page. Si tu la tournes
assez vite, les deux images auront
l'air d'un <u>seul</u> dessin *animé*.

N'oublie pas de faire tes propres
effets sonores!

MAIN GAUCHE

LE ROBOT DE RICKY
CONTRE-ATTAQUE.

POUCE
DROIT

# LE ROBOT DE RICKY
# CONTRE-ATTAQUE.

# TOURNE-O-RAMA 3

## (pages 85 et 87)

N'oublie pas de tourner seulement la page 85. Assure-toi de pouvoir voir les dessins aux pages 85 *et* 87 en tournant la page. Si tu la tournes assez vite, les deux images auront l'air d'un <u>seul</u> dessin *animé*.

N'oublie pas de faire tes propres effets sonores!

MAIN GAUCHE

# LE MONSTRE SE DÉFEND BIEN.

POUCE
DROIT

**LE MONSTRE SE DÉFEND BIEN.**

# TOURNE-O-RAMA 4

(pages 89 et 91)

N'oublie pas de tourner seulement
la page 89. Assure-toi de pouvoir
voir les dessins aux pages 89 et
91 en tournant la page. Si tu la
tournes assez vite, les deux images
auront l'air d'un seul dessin animé.

N'oublie pas de faire tes propres
effets sonores!

MAIN GAUCHE

LE ROBOT DE RICKY SE
DÉFEND ENCORE MIEUX.

INDEX
DROIT

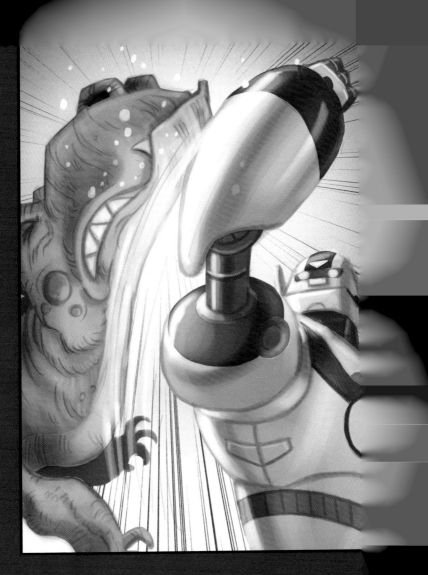

**LE ROBOT DE RICKY SE DÉFEND ENCORE MIEUX.**

# TOURNE-O-RAMA 5

## (pages 93 et 95)

N'oublie pas de tourner seulement la page 93. Assure-toi de pouvoir voir les dessins aux pages 93 *et* 95 en tournant la page. Si tu la tournes assez vite, les deux images auront l'air d'un <u>seul</u> dessin *animé*.

N'oublie pas de faire tes propres effets sonores!

MAIN GAUCHE

# LE ROBOT DE RICKY EST LE HÉROS DU JOUR.

POUCE
DROIT

# LE ROBOT DE RICKY EST LE HÉROS DU JOUR.

# CHAPITRE TREIZE
## LA FUSÉE ÉLECTRONIQUE

Le monstre est battu, il perd tous ses pouvoirs diaboliques et redevient un petit lézard innocent.

— Zut, zut et rezut! crie
le professeur Face-de-rat. Je
détruirai le robot moi-même!

Il prend sa fusée électronique
et la pointe vers le robot de Ricky.

— NON! hurle Ricky.

Il saute sur le professeur Face-de-rat,
au moment même où le professeur fait
feu.

La fusée monte très haut
dans les airs. Le robot s'élance
à sa poursuite. Mais il ne vole
pas assez vite.

**BOUM!** fait la fusée en atterrissant sur le laboratoire secret du professeur Face-de-rat.

# LE TRIOMPHE DE LA JUSTICE

— Zut, zut et rezut! pleurniche le professeur Face-de-rat. Ce n'est vraiment pas mon jour de chance!

— Et vous n'avez encore rien vu, dit Ricky.

Le robot géant prend le professeur par le collet et le dépose à la prison de la ville.

# DE RETOUR À LA MAISON

Ce soir-là, la famille Ricotta fait un barbecue dans la cour. Ricky raconte toutes ses aventures à son père et à sa mère.

— Merci d'avoir sauvé la ville! dit le père de Ricky.

— Et merci de vous être entraidés! ajoute la mère de Ricky.

— Il n'y a pas de quoi,
répond Ricky.

Et il ajoute :

— Les amis sont faits pour ça!

# ES-TU PRÊT
# AUTRE RICKY

# POUR UN RICOTTA?

# DAV PILKEY

a écrit et illustré plus de cinquante livres pour enfants. Il est le créateur des livres classés au palmarès du *New York Times*, *Les aventures du Capitaine Bobette*. Dav est aussi récipiendaire de prix prestigieux pour la création de nombreux albums illustrés, notamment le prix Caldecott Honor Book pour son livre *The Paperboy*. Il vit dans le nord-ouest des États-Unis avec sa femme.

# DAN SANTAT

est l'auteur-illustrateur de l'album *The Adventures of Beekle : The Unimaginary Friend.* Il a illustré plusieurs albums acclamés par la critique, dont *Grognonstein* de Samantha Berger. Il est aussi le créateur de la bande dessinée *Mini-Justiciers* et a travaillé sur *The Replacements*, la très populaire émission d'animation de la chaîne Disney. Il vit dans le sud de la Californie avec sa famille.